Les ÉMOTIONS ça sert à quoi ?

Texte :
Sophie Bellier
Images :
Sophie Ledesma

FLEURUS

1 2 3
4 5 6
7 8
9 10
a b c d e f g h i j k l m
C
B
F
A

Pour la fête de l’école, la maîtresse a écrit un spectacle sur les émotions.

– Chaque élève jouera le rôle de l’émotion qu’il préfère. Il la mimera avec son corps et son visage, explique la maîtresse.

Paulo, le petit singe, est soucieux.

– À quoi ressemble une émotion ? Je ne connais que les grimaces !

Ses amis ne sont pas du même avis…

Lundi, après l'école, Paulo a invité
Léo à venir jouer chez lui.
Les deux amis construisent un magnifique
château pour leurs chevaliers.
Mais petit frère est arrivé et a tout détruit
d'un seul coup de pied !
Paulo crie, pleure et serre les poings.

Paulo est en colère.

Mardi, avant le dîner, maman annonce que grand-mère est tombée. Elle a été conduite à l'hôpital pour se faire opérer.
Paulo éclate en sanglots. Il n'a plus faim et n'a même pas envie de jouer avant de se coucher.

Paulo est triste.

Pour l'apaiser, maman propose d'envoyer une photo à grand-mère.

Mercredi, Paulo a invité ses amis
pour son anniversaire.
Tous soufflent avec lui les bougies de son gâteau.
Paulo rit, frappe des mains et chante à tue-tête.
Il n'oublie pas d'embrasser ses amis
pour les cadeaux offerts.

Paulo est joyeux.

1 2 3
4 5 6
7 8
9 1
a b c d e f g h i j k l m
JEUDI
LUNDI
MARDI
MERCREDI
VENDREDI
A

Jeudi, la maîtresse a demandé
aux élèves d'apprendre un poème.
Chacun doit le réciter devant toute la classe.
Quand vient son tour, Paulo bredouille.
Il se tord les mains et devient rouge
comme une tomate !

Paulo est timide.

Vendredi, à la sortie de l'école, Paulo
file retrouver papa dans la cour.
Mais aujourd'hui, c'est grand-père qui est venu
le chercher. Chut, c'est une surprise !
En voyant grand-père, Paulo s'arrête net.
Il écarquille les yeux et sa bouche fait un grand O.

Paulo est surpris.

Samedi après-midi, Paulo et sa famille font une grande randonnée. Soudain, un violent orage éclate. Tout le monde se met à l'abri sous un rocher. Paulo s'agrippe fort au bras de son papa, il tremble et il ferme les yeux pour ne pas voir les éclairs.

Paulo a peur.

Dimanche matin, pour s'acheter des bonbons au marché, Paulo et son ami Léo ont volé quelques pièces dans le sac de maman.

Au déjeuner, maman a demandé : « Qui a pris de l'argent dans mon porte-monnaie ? »

Les deux amis ne sont pas très fiers.

Le petit singe gigote sur sa chaise, baisse les yeux et il transpire à grosses gouttes.

Paulo a honte.

1 2 3
4 5 6
7 8
9 10
a b c d e f g h i j k l m
LUNDI
MARDI
MERCREDI
JEUDI
VENDREDI

Le jour de la répétition du spectacle, Paulo n'a pas d'émotion à proposer. Ses amis sourient et sortent des photos du petit singe.
– Qu'elles sont bizarres, ces grimaces ! dit Paulo en se grattant le menton.
– Ce ne sont pas des grimaces, s'exclament ses amis en riant, ce sont des émotions ! Ton corps et ton visage expriment tout ce que tu ressens.

Heureux de découvrir qu'il a, comme ses amis, des émotions, Paulo choisit de mimer la joie.

Le jour du spectacle est arrivé. Paulo est impatient de monter sur scène. À chaque instant, il demande : « C'est maintenant ? »
Mais en entendant les spectateurs s'installer, il sent soudain une grosse boule dans sa gorge.
– Tu découvres deux nouvelles émotions : l'excitation et le trac, lui dit la maîtresse. Tu n'es plus seulement le roi des grimaces, mais aussi le prince des émotions !
Paulo est rassuré. Que le spectacle commence !